詩集　喪服

原　章二

光枝に捧ぐ

目次

喪服

喪服

きみが買ってくれた喪服を
きみのために着ようとは思わなかった
着なければモッタイナイと娘が言う
そうか勿体ないとはそのように使うのか
言葉がいちばん役目を果たすのは
二人称のときであって
最大の存在とは二人称のことだと
喪服が気づかせてくれるとは
やはり歳はとるものだ

すみやかに
誰にも追いつかれないように
何ものにも囚われないように
歳をとらねばならない
そうやって歳をとると
行き先など気にかからない
歳をとることが歓びに変わって
悲しみは置いてきぼりになる
「でも、わたしを置いてきぼりにしないで」と
きみは言う
そんなことは不可能だ
きみはすみやかさそのものなのだから

無形の通信

ああ　いいな
せいせいするな
賢治もそう言っていた
山は緑に萌え　花々は
それぞれ自分の色に染まり
空には本当に絵のような白い雲
さわやかな風が通り抜ける空の道を
きみも歩いていて
ぼくらを見おろしているだろう

ぼくは手を　いやこころを
そのほうに差しのべる
ああ　いいな
こんな日に地上で遠足に行ける子どもらは
空の花が地上の花々に
挨拶を送っているのを
かれらは知っているだろうか
いや　もちろん
かれらはおしゃべりしながら
空の花の言葉に返事をしている
畑の中を女の人が白い帽子をかぶって歩いてゆく
ああ　いいな
こんな日に自分の畑で働ける人は
鳥たちも嬉しがって鳴いている

あれは明らかに友愛の挨拶だ
きみも空から挨拶を送ってくれる
ぼくはそれを感じながら
きみと無形の通信をする
ああ　いいな
こんな日にこころを開いて語り合える友を持つ人は
いや　孤独な人も孤独ではない
だって空から
あんなにさまざまな人の目が
ぼくらを見おろしてくれているのだから
ああ　いいな
こんな日には
地上でも手をつないで
園児らのように散歩しよう

それは空から差しのべられた手と
無形の通信でつながっているのだから

＊注　「賢治」とは宮澤賢治（一八九六―一九三三）のこと。

きみはどこにでもいる

ああ　そうか
もうきみはいないのか
城山さんはそう言っていた
でもぼくは
きみがどこにでもいると思う
家はきみのたましいで満ちている
庭もきみの言葉で花々が開花した
川辺に行けば
きみの好きなカワガラスが

夫婦で水くぐりしている
きみがかつて
長良川の水をくぐったように
きみがいないのは地上の一角だけだ
それはぼくのこころの狭い一角
涙で玩弄された一角
きみのたましいは
たとえばクリスマス・イヴの日に
まずしい親子が学生食堂に並んだとき
燃え上がり　目に涙を浮かべた
でもその親子は
じゅうぶんに満足して
きみに微笑んだ
きみがぼくに微笑んでくれた最期の日のように

きみは素早く逝ってしまった
きみは足がとてもはやいのだ
ぼくがきみに追いつけるのは
いつのことだろう
それで城山さんもあのように言ったのだ
けれども　それは間違いだ
きみはどこにでもいる
だって
ぼくが生きているのだから
眠ってはいけない
だって
それではきみの言葉を聞き逃してしまうから
でもほんとうは
そんな心配も無用なことだ

だって
ねむりのなかで昨夜
ぼくたちは楽しく語り合ったのだから

＊注「城山さん」とは作家の城山三郎氏（一九二七―二〇〇七）のこと。妻に先立たれ、『そうか、もう君はいないのか』という遺著を残している。
「まずしい親子」の「学生食堂」のことは、四十五年近く前のフランスでの出来事であった。

一にして多

おれはきみだ
おれはそうして生きてゆく
おれはきみで
きみはおれだ
おれたちはそうして生きてゆく
五十五年前に知り合って
きみもおれも七十歳
人生の大半を共に生きた
はじめの五分の一はまだ子どもだ

乳離れしていないケモノと同じだ
自分に夢中なだけだから
自分ですらない存在だ
知り合った十五になって
初めて相手に気がついて
自分の存在に気がついた
「わたしたち出会えてよかったわね」と
きみの言うとおりだ
結婚の約束は五十二年前
以来おれたちの意識はそこに集中した
おれたちの無意識もそこから生まれた
実際の結婚は四十八年前
「わたしたち嵌り合って成長したのね」と
きみの言うとおりだ

おれたちの知覚と記憶は一緒に作動した
知覚は行動にひき継がれ
記憶はこころに刻まれた
こころは自己形成の記憶装置
だからおれは言うのだ
おれはきみで
きみはおれだ
単個のものは存在しない
おれはきみの目で自然を見
きみはおれの口で言葉を発し
おれはきみの耳で音を選び
きみはおれの手で世界に触れた
きみとおれは知覚と記憶を共にした
だからおれは言うのだ

おれはきみのなかで生き
きみはおれのなかで生きる
おれは一人ではなく
きみも一人ではない
きみの臨終のとき
「大丈夫、いつも一緒にいるよ」と
おれは耳元にささやいた
それは本当のことだ
おれがきみで
きみがおれで
ふたりが互いに二人称として生きるとき
おれたちは注意深く大切に
新しいいのちを生きるだろう
きみのいのちとおれのいのちが

一にして多であることに
なんの不思議もなくなるだろう

春のうたげ

悲しみのなかでぼくは祝祭に出会った
なんという爽やかな春だろう
言葉など付けたりであるに過ぎない
トンネルを出ると緑野の彼方に
北岳がなだらかに横たわる
その右奥には甲斐駒だ
その手前には鳳凰三山
しかしぼくは登ることができないだろう
きみと一緒でなければ登らないだろう

けれども見ているだけで涙が出る
嬉し涙というやつだ
丘はいちめん若やいだ緑のひろがり
花々が祝祭を彩る甲府盆地のその道を
ぼくは半ば酔い痴れて走り抜ける
アルプスの雄峰が真っ白に頭を寝かせた
この道を何度きみと共にしただろう
ゆるやかにカーヴすると
八ヶ岳がいくつも頭を振り立てる
きみはぼくと一緒に登ってくれた
そのときぼくはきみの目で自然を見た
いまきみはぼくのなかで思い出し
ぼくの目を通して自然を見る
きみの透明なその意志を

ぼくは遠い山巓に見いだすだろう
ありがとう
きみとこの自然に向かってぼくは言う
きみはぼくに世界を与えてくれた
あの八ヶ岳南麓のなだらかな斜面に
ぼくたち二人の小屋がある
きみが作ってくれたぼくらの小屋だ
小屋裏の林で歌っていたクロツグミは
可哀そうに
窓ガラスと知らずに衝突し
脳震とうを起こしてしまった
その黒いつややかな羽根と
斑（まだら）のある胸と腹を
きみは急いで写真に撮った

手の中で温められたクロツグミは
目を覚まし
そっと置かれると
ふたたび飛び立った
そうしたきみとクロツグミの写真は
ぼくのこころに永久保存だ
人気のない明るい村を歩いてゆくと
都会では相つぎ散った梅と桜が
ここでは同時に咲いている
そんな競い合いなら大歓迎だ
ぼくもきみと一緒になって
思い出の花の数を競い合おう

風の道しるべ

ここに来るといつも
風が語ってくれる物語
風に向かってどこまでも走れ
風のなかで何かをつかんだら決して離すな
しかし風を優しく肌に感じるきみは
それを無用なことだと教えてくれた
風は空の道しるべ
見えないところへ導いてくれる

ミケランジェロ・アントニオーニの『欲望』で
風は夜の木々を強く揺すぶった
あれを「欲望」と呼ぶのは間違いだ
あれは「引き伸ばし」という原題なのだ
引き伸ばすと暗い欲望が
眼に見えてくるとでもいうのだろうか
ぼくのこころを引き伸ばすと
いったい何が見えてくるのだろう

ぼくはそれを怖れているのか
しかし涼しげな風に吹かれて
きみはぼくに教えてくれた
人のこころを験してはいけないと
人のこころは地上にあるのではなく

空の道に沿って創られてゆく
ぼくらはそこではじめて人となり
お互いの名を呼び合うだろう

＊注「ミケランジェロ・アントニオーニ」はイタリアの映画監督（一九一二―二〇〇七）。『欲望（Blow-up）』は一九六六年の作品で、カンヌ映画祭パルムドールを受賞。

孤心

ぼくたちふたりの山小屋に
ぼくひとりがいるのは不自然だ
ぼくたちふたりの散歩に
ぼくひとりが散歩するのは不自然だ
どうしてきみはこの自然のなかに
遅い春の祝典のなかに
ぼくひとりを残していこうなどと
考えつくことができたのだろう
いや　それはきみの考えではない

誰の考えでもないだろう
入笠山のゲレンデの雪も
頂上付近を残して消えた
庭に散乱した枯木を集めて
ぼくは一気に燃え上がらせる
蕗の薹（とう）がいたるところに伸びている
遅い春だというけれど
いったい何が遅いのか
ぼくたちが生き急いだのではあるまいか
若やいだつもりでいて
いつの間にかこの歳になっていた
いま世界には何かが欠けている
しかし欠けているから嵌り合う
ジグゾーパズルはお断りだ

欠けているからこそ
こころを開いて交流しよう
きみのいないこの空間を
まだ世界と呼ぶことができるなら
ぼくも少しの間だけ
人々と手をつなぐことができるだろう

散歩

ぼくは素晴らしい散歩をした
たったひとりできみとした
春がこんなに華麗だと
きみ以外の誰が教えてくれただろう
まったく無音の世界が
こんなに賑やかなのはなぜだろう
庭に植えた薔薇を買った
姫野ばら園の温室を目指し
野中の道を歩いていった

空中庭園を歩いていった
前には雪を頂いた甲斐駒と鳳凰三山
後ろには八ヶ岳の西岳と編笠山だ
ぼくはうっとりと酔い痴れた
気がつけば周りには
梅　山桜　枝垂れ桜　椿　こぶし　木蓮
山吹　連翹　つつじ　芝桜　ムスカリ
水仙　チューリップ　たんぽぽ　すみれ
数え始めたら切りがない
何もかもが一斉に咲いている
花と木の名にヤケにこだわるジジイだな
そんなことはない
きみがいなくなってしまったら
多くの佳い名を忘れてしまった

みんなきみに教えてもらった花と木だ
自分ひとりでは今にすぐ
自分の名前も忘れるだろう
でもこの散歩道は忘れない
ずっとここに居たいのに
散歩が終わるとすぐにまた
都市郊外に帰りたくなる
そこにもきみの作った家と庭がある
そこからもたくさんの散歩道が
四方八方に伸びている
ぼくたちはいつまでも散歩しよう
目的など必要のない残りのいのちを
ふたりだけの記憶のなかをゆっくり
ゆっくり歩きながら過ごしていこう

骨壷

ぼくたちの墓はまだない
父母は富士山麓の墓にいる
でも遠すぎて淋しすぎてわたしは嫌
とっさにぼくは分骨を思いついた
何がとっさか分からない
なぜ思いついたのかも分からない
白い大きな骨壷と
薄いピンクで覆われた小さな骨壷が
白は居間に

ピンクは二階の寝室に置いてある
ぼくは毎日
その両方を抱いて話しかける
その両方にお水をあげ
お菓子をあげて
「一緒に食べようね」と言って食べる
墓が決まったら
白い大きなのが入るだろう
それが淋しい
でも小さなのを入れるのは
もっと淋しい
ぼくは大きな骨壷を抱いて
「行ってきます
すぐ帰ってくるからね」と言い

小さな骨壷を抱いて
「一緒に行こうね」と言い
車に乗せて山小屋に向かう
山小屋では明るい居間のよい場所に
飾った写真のその前に
庭が見えるように骨壷を置く
そこなら庭で働くぼくが見える
今日は空気の澄んだよい天気
きみの友だちのクロツグミが
精一杯に啼いている
きみの好きな緑の小さいアマガエルが
テラスの岩の上で動かない
そんなところでいいのかい
草の下に隠れなくていいのかい

去年の秋に見た蛇はどうしたろう
玄関のドアを開けたら
まるで振り返るようにしてこちらを見た
その蛇にきみは怖れるどころか挨拶した
きみはいたるところに友を見つけた
でも一番の友はこのぼくだ
もっとたくさん付き合えばよかった
いくら付き合っても足りなかった
きみが主人のこの家に
きみと一緒にもう少し居たかった
ここがぼくら二人の世界であり
この山小屋と都市郊外のあの家に
きみのたましいは満ちている

山の一日

山の家での朝食後
ぼくは一輪車を押して庭に出た
ツツツーと
ゆるい坂をひっぱられて下っていく
それを見ると
きみはいつも笑っていた
ここらは火山岩大地でもとは蕎麦畑
いくら石を拾ってもどんどん見つかる
ぼくはその石でテラスをつくった

大きな石は近所の畑にまとめて放置してある
それをもらって一輪車で運び
ベランダの前に囲いをつくり
土を入れて芝を張った
今日は庭に散乱する小石拾い
植樹した木のまわりに囲いをつくろう

気がつくと
植えたばかりの梨の木が
暑さと水不足でぐったりだ
この土地でおいしい梨は望めないが
白い花の咲く日が楽しみだ
そのほかにもサクランボと
ジューンベリーを植えた

リンゴとアーモンドも植えた
アーモンドは実だけではなく
葉もおいしいのか
鹿の家族に齧られた
生き残った木々に水をやる足もとで
土色のカエルが飛び跳ねる
季節の環がもうすこし巡れば
きみの好きな緑の小さいやつが出現だ

ぼくは夢中で庭仕事
きみはときどき見に来るが
いつもは家で忙しい
それでも午前と午後のおやつの時間は忘れない
それからお昼ごはんの計三度

きみは角笛を吹き鳴らす
どこで買った角笛か
ぼくは忘れてしまったが
きみはきっと憶えている
スイスかフランスか
オーストリアの田舎か
『晩夏』の庭と比べては畏れ多いが
ぼくはその小型版を目指していた
ぼくらの晩夏が
あと少し続きさえしたならば

庭仕事の最中に
別荘費の支払いを思い出した
別荘費とはこの山小屋に大げさだが

地区の共益負担金のことである
ぼくは決められたお金を持って
地区の会計さんの家を訪れた
その往き帰りに
元地主のGさんの奥さんと話しこんだ
畑仕事をしている奥さんの後ろ姿を
見間違えてはと思い黙っていたら
向こうからふり返って呼んでくれた
ついでにいろいろ聞いてみた
この間いただいたオハギには
ゴマではなく
エゴマがまぶしてあり
この土地では「あぶらえ」というそうだ

収穫してから食べるまでの
手間が大変なそうである
どおりで美味しかったわけである
六つ貰って
食べきれないぼくは
それでも二つペロリと食べたが
残りの四つを半分コした知り合いも
それぞれあっという間に
ペロリと食べた
Gさんの玄関先でいま満開のツツジは
こちらではナワシロツツジというそうだ
「カミさんに聞けば知っていたけど
東京ではたしかミツバツツジと言っている」
ぼくはきみを引き合いに出すのが嬉しくて

そう告げた

「そちらが本当ではないかしら」と
奥さんは言うけれど
なにが本当でも構いはしない
いっぱい言い方があったほうが面白い
きみもきっと喜んでくれるだろう
ぼくがこうしてみんなと話すのを
ぼくらが初めて来たとき登った
大きな塚のことも聞いて見た
村の共有地ではなく
四軒の家の分有だそうだ
大きなケヤキがあって
桜があって

栗の木があって
ドングリがぼろぼろ落ちる秋に
ぼくらは急坂を転げそうになって登った

会計さんの家への道は
八ヶ岳へ向かう坂道だから大変
「いい運動になるでしょう」と
奥さんは笑っている
きみの病気の直前に一緒に登った西岳に
わずかに見える残雪に
木々の若やぎが映えている
帰り道は
二輪草の群落地を傍らに
甲斐駒の切り立った岩壁を正面に

のびやかな空を背にした高原の凄い景色
五分咲きの海棠を
芝桜の鮮やかな帯が巻いている
まだ半日しか経っていないのに
朝早くから起きているぼくは
もう一日分のご馳走で
腹いっぱいの気分である

＊注　『晩夏』はニーチェが称賛するオーストリアの作家シュティフター（一八〇五―一八六八）の代表作で、そこには見事に手入れされた美しい庭が描かれている。

いのちの飛躍

きみは死んだという
誰もがそう思っている
現に
死亡診断書にそう書かれている
それどころか
ぼくはお骨も拾った
娘と一緒に拾った
だいいち
ぼくはきみの臨終にいて

呼吸が少なくなり
ついに途絶えるのを
「大丈夫、いつも一緒にいるよ」と
耳元でささやきながら
この目で見
この耳で聞いた
だから娘たちも他の人も
ぼくがきみの死を認めたと思っている
だがぼくは認めていない
ぼくにはきみの死ということが分からない
あれはきみの死ではない
ぼくの気が違っていない以上
きみは死んでいない
ぼくが生きて考えて感じている以上

きみが死に
ぼくが生きているわけがない
ぼくたちはふたりで
地上に花々が咲き乱れるのを見
鳥がうれしげに啼くのを聞き
魚が川面に跳ねるのを感じた
昼に青空の底が抜けてこころを吸い込み
夜に星々が夢を育てて瞬き
遠足の子らが笑いさざめき
恋人たちが手を取り合って
木蔭で語らっている以上
きみが死んだわけがない
きみがシャンソンを口ずさむのが　ほら
こんなにはっきり耳に届く

フロイトが何と言おうと
すべての有機体が無機質へと解体され
還元し尽くされるということはない
そこに死の断絶があるとしたら
いのちはそこで飛躍する
だいいち
ぼくたちの存在すべてが
物質でできているわけがない
物質はぼくたちのいのちを
ただなぞっているだけだ
こんなに歓びが地上のあちこちで
悲しみとともにあり
ふしぎな形を描き出して
人のこころを鷲づかみにし

さまざまな力の源になる以上
そこにきみとぼくも小さな席を持つ以上
きみとぼくのいのちもそれなりに
歓びと悲しみの曲線を描き出し
死の断絶を飛び越えてゆくだろう
だいいち
もう孫まで何人もいて
きみとぼくがそうであったように
遊びに夢中で戯れ合っているではないか

ぼくは朝起きると
すぐにきみの骨壷を抱き
「おはよう」と挨拶し
コップの水を新鮮なものに取り換え

庭を見てきみに言う
「ほら　マロニエがもう青々と茂ってきた
つぼみをいっぱいに付けている」
マロニエの花は白がいい
ぼくは勝手にそう思っている
きみも勝手にそう思っている
乱れ咲くマロニエをはじめて見たのは
リュクサンブール公園だ
パリにマロニエの紅花は似合わない
よく見ると
紫蘭も鈴蘭も
クリザンテム・デ・プレも十二単衣も
みんな元気に咲き始めている
クリザンテム・デ・プレって

日本語でなんだっけ
朝ごはんもそこそこに
ぼくは辞書と首っ引きだ
手元の辞書には載っていない
きみに教えてもらったのに
何度も言われないとすぐに忘れてしまう
だからきみはいつもテストする
「あの青いきれいな花
あれはなんて言うの？」
そうやってぼくの憶えたいちばん凄い名は
モナルダディディマ
それをこのあいだ
八ヶ岳の山小屋へ行く途中
甲州台ヶ原宿の土産物屋さん兼草花屋さんで

立ち話しながら口にしたら
「モナルダだけでもいいのですよ」と言う
でも　そう簡略にはすまされない
きみはきちんと言わないと許してくれない
ぼくは朝ごはんを終わって歯を磨き
庭に出て木刀を百回ふる
庭のローリエの殖えすぎたのを
切り取ってつくった木刀だ
きみにも軽くて短いのをつくったが
やっぱり得手不得手があるらしく
きみはふりまわすことが出来なかった
ぼくは木刀をふりまわしながら
昨日の出来事を報告する
「昨日ほうとう屋さんで特製カレーを食べたよ

庭のローリエの葉を一枚入れてつくった
きみのカレーには及ばないけど
けっこう美味しかったよ
昨日テレビで競馬を観たけど凄かったよ
一番人気の馬が大逃げする先行馬を
じっくり追って最終コーナー
一気に追い越すところが爽快だった」
あの抜き去るところが醍醐味なのだ
ぼくもマラソンのラストスパートが得意だった
あれは気持ちをさわやかにする
ぼくはもう半年近く走っていない
また走れるようになるだろう
きみがいつものように見物がてら
ぼくと一緒にレースに来てくれるなら

＊注「フロイト」は精神分析の祖、ジークムント・フロイト（一八五六―一九三九）のこと。

「クリザンテム・デ・プレ」は辞書でよく調べたら「大きなマーガレット」となっていたり、「フランスギク」となっていたり、要するにフランスの野原によく生えていて（日本にも渡来してよく目にされる）デイジーの類であり、そもそも直訳は「野菊」である。

「モナルダ・ディディマ」は松明花とも言われ、赤い花もあるが、きみもぼくもミヤコワスレのような青いモナルダが好きだった。

「台ヶ原宿」は山梨県北杜市、旧甲州街道にある日本の宿駅百選の一つで、おいしい和菓子屋と造り酒屋がある。

不在証明

ぼくはこれまで
フルマラソンを百六十五回完走した
トライアスロン・アイアンマンまで含めると
全部で三百三回完走だ
体調不良でリタイアしたのを勘定に入れると
全部で三百三十回くらいレースに出た
五十歳からの二十年間でスゴーイ
きみもすこし呆れていた
きみが一緒に来たのはそのうち半分

少なく見積もって三回に一回
として百回以上
ということは
ぼくひとりで出かけたのが二百回くらい
ぼくはべつに淋しいと思わなかった
いつも互いのことを思っていた
きみは土産話を聞くのを楽しみに
ぼくはきみがどう過ごしているかを考えながら
家に帰るのを楽しみに

それと同じことではなかろうか
それが少し長引くだけのこと
それを少し我慢しているだけのこと
ぼくの地上のいのちはあと何年

そんなに長くはないだろう
だったらそれを楽しんで
娘の勧める新しい人との結びつきは
絶対にせず
ひとりでレースに出かけたように
楽しみばかりではなく
苦しみもたくさんあるにせよ
それも後の楽しみの種として
今度ばかりは注意深く
何も見逃さないように生き
きみにしっかり報告をしたいのだ

＊注「アイアンマン」はトライアスロンの一種で、スイムを三、八キロ、バイク（自転車）を百八十キロ、ランをフルマラソンと同じ四二、一九五キロという酔狂な競技である。

写真

ぼくは家中にきみの写真を飾った
家中の部屋に写真を飾った
ぼくたちの部屋にも　かつての子ども部屋にも
きみの仕事部屋にも　居間にも　台所にも
洗面所にも　納戸にも　トイレにも
いたるところに写真を飾った
ぼくの仕事部屋には前からいくつも飾ってある

きみはいたるところにいてどこにもいない

こんなことをしても
何にもならないことは知っている
写真に目をやって会いたければ
以前はいつでもきみに会えた
いまは写真を見て会いたくても
きみに会うことは決してできない

でもほんとうにそうなのか
思い出のなかでは会えないのか
思い出の場で会っているのは
ではいったい何なのか
実際に会っていたとき
ぼくは何に会っていたのだ
自分自身に会っていたのか

きみはベッドで娘と一緒に横になり
何やら楽しげに話していた
ぼくはちょっぴり羨んだ
あの会話とぼくとの会話は
やっぱりちょっぴり違うのだ
そんなことで焼餅を焼く夫に
きみは驚いてにこにこした

その思い出は写真に撮れない
その思い出は写真ではない
いやそんなことはない
思い出はすべてこころの写真
写真はすべてこころの思い出

そして写真は実在し
思い出もきみもぼくもすべて実在する

目覚まし時計

ぼくは朝風呂に入っていた
娘は山小屋唯一の畳の部屋で
まだぐっすり眠っている
おやピイピイと音がする
小鳥の鳴き声はさっき途絶えた
あれは朝鳴きとは違っている
あっとぼくは気がついた
あれはきみとぼくの寝室の目覚ましだ
ぼくは裸で風呂を飛び出した

案の定ぼくたちの目覚ましが鳴っている
それを止めて風呂へ逆戻りだ
ゆったり浸かったつもりでいたら
また鳴り出した
なんということだろう
スヌーズとかなんとかいう
鳴っても起きない人への再起動だ
ぼくはふたたび裸のまま
それを止めてから気がついた
ごめんね
きみはこの山小屋の暗闇のなかで
あれから毎日
この目覚ましの音を聞いていたのだ
ひとりでそれを聞いているのは

なんと淋しいことだろう
そうとも知らずに都市郊外の家で
ぼくは毎朝きみに挨拶していた
きみはここにも居たのに
ぼくもそれを知っていたはずなのに

体操

毎朝ぼくたちは自彊術をした
そういうとなんだか大げさだが
ちょっとした体操にすぎない
きみは軽々と柔らかにした
ぼくを見ては
身体の固さを笑っていた
真似をするので
「ちゃんとしろよ」と言うと
それを聞いてまた笑っていた

いつ見ても固く
いつ見ても笑うのだから
それがぼくにはおもしろかった
体操は
金色の朝日のさす庭に向かってするのだ
小鳥が来ると中断だ
そっとオペラグラスを取ってきて観察だ
むかしエイラがいたときはどうしていたのか
跳ね回っていたのをやめさせたのか
それとも庭に出されたエイラは
家の中をのぞき込んで
尻尾を振っていただろうか
小鳥は怖れて近づかなかったのか
エイラが死んだのは十五年も前の話

ぼくはすっかり忘れてしまった
死んだ当初は夢に見て
胸に抱き
その感触をきみに伝えて悔しがらせたものだった
そんなふうに
記憶は薄れて消えてゆくのか
それが時の癒しというものなのか
だったらぼくは
癒えるということがないだろう
いまひとりで自彊術をしながら
ぼくの身体の固さは変わらないのだから
ますます固くなるのだから

＊注 「自彊術（じきょうじゅつ）」は大正時代初期、中井房五郎が創案した健康体操。

リセット拒否

テレビのなかで誰かが
「リセットしろ」と騒いでいた
おやおや
身体だけでなく
人生までが機械と見なされているらしい
交換自由な部品の集合体というわけだ
それには経済効果もあるらしい
「没イチ」同士の観光旅行が人気なのだ
伴侶を亡くした者が「没イチ」だ
「イチ」と来たらふつうは「二」だ

では「没ニ」も視野に入れたらどうだ
どうせやるならそこまで行け
つねに一括処理を追求せよ
なんだかナチスに似てきたな
だが人間の記憶はリセットできない
消したという記憶が残るばかりか
もとの記憶が増幅変形し
あなたを呑み込むことになるだろう
ちょうどよいときに
アルツナントカがやって来て
あなたを救ってくれるかもしれない
だがぼくはその道を選ばない
アルツナントカになろうとも
最期のときまでリセットを拒否するだろう

ごはんの話

食欲はあるのに
しかも痩せているから
どんどん食べようと思うのに
食べ始めるときみのことをすぐに思い
食べるのが嫌になる
きみだったら今日
この季節とこの天気と
ぼくらの気持ちに合わせて
見たこともない料理をつくってくれる

サマルカンドで食べるような料理だろうか
サマルカンドへ行ったこともないくせに
そう　だけど美味しそうじゃない
ぼくらはケイルアンには行った
パウル・クレーの色彩の町だ
ヴァラナシにもハバナにも行った
カルタゴにもクレタのイラクリオンにも
もっともっと田舎の
みんなの行かない知らない奥地へ
どしどし行って
二人で一人前だけど
眼は四つ
手足は八本
その四本の手を使って

いろんなものをたくさん食べた
たとえば子羊の頭蓋骨を
仰天しながら食べてみた
けれどもきみが作り
ぼくが手伝い
二人で話しながら食べる料理がいちばん
それを他の人に望むのは無理
管理栄養士の娘に頼むのも酷
きみはぼくを管理せずに
放し飼いで自分のもとに引き寄せた
ぼくはきみの周りをうろうろ
出たり入ったりうろつき回り
結局きみに抱き寄せられた
ああ　なんて言ったってそれがいちばん

ああ　食事が冷めるどころか
固くなってしまう
ぼくは馬鹿なことを考えてみる
性欲はあるのに
しかも元気をちょっと取り戻したから
すこしは満たそうと思うのに
そう思い始めるとすぐにきみのことを思い
そうするのが嫌になる
「お馬鹿さんね」
きみはほんとうに馬鹿な男を
いつも適切にそう呼んだ
ああ　きみの好きなソリストの
ヴァイオリンソナタが聞こえてくる
ぼくもこれが好きだと言ったら

いつものように
うれしそうに笑っていた
ああ　もうごはんが嫌になった

結婚

ぼくは世界をすべて巡りはしない
きみもすべての国や
すべての人々を知りはしない
ぼくたちの知っているのは
ほんとうに僅かであり
きみとぼくは広いようで
ほんとうに狭い世界に住んでいた
けれどもきみはぼくを世界の誰よりもよく知り
ぼくもきみを世界の誰よりもよく知った

ぼくはきみなしではいられないが
自分を助けて貰うためではなく
きみもぼくなしではいられなかったが
ぼくに頼るためではなかった
ぼくたちは互いに相手を必要としたが
相手がいないと都合が悪いからではなく
相手が自分に便利だからでもなく
ぼくたちが互いに創造し合ったからだ
それがどんなに僅かな創造でも
きみはぼくを創造し
ぼくはきみを創造した
ぼくはきみによってぼくとなり
きみはぼくによってきみとなった
それがどんなにんげんの結婚であれ

一人の女の結婚であり
一人の男の結婚であると
ぼくは信じる

寺への道

きみと二人で千回も歩いた道を
ぼくは今日もきみと行く
家を出るとき「行ってくるよ」と声を掛け
きみの骨壷と写真に挨拶するが
「一緒に行こうね」とも口にする
なぜならぼくは肌身離さず
きみの写真を身につけているから
ぼくは潺潺（せんせん）と流れる川の辺を
流れに沿って木蔭を歩き

無残なコンクリートに架け替えられた
素敵な名前（佳月橋）の橋を渡り
向かいの坂をくねくね登り
この間までの自然の道を懐かしみ
アスファルトで圧殺し予算消化した役場に
「チクショウめ」と悪態をつき
「そんなこと言ってはだめよ」ときみに諭され
川と平行に走る山裾の道に上がり
娘の友の家の野菜スタンドで
今日採りたてのキヌサヤを買い
袋に入れて対岸の町を眺める
どこにでもある惨めな午後の町が
緑につつまれて静まりかえっている
こちら側には川沿いの並木と果樹園

向こう側には隣町とのあいだの丘陵
昆虫には灰色と見える緑は
にんげんにとって奇跡の色だ
目指すお寺は
畑のあいだの道を抜け
ヤマナシの大木を仰ぎ見るところ
そこには客好きのオバサンの
万国旗とお人形で満艦飾の
野菜スタンドが待っている
「野良坊はもうお終いよ
新たまねぎを油味噌で食べなさい」
その教えこそがほんとうの教え
ぼくは忘れられた裏道をだどり
ヤマナシを遥かに凌ぐカヤの大木に挨拶する

樹齢数百年多摩最大の老木は
この二十五年でさらに育った
ああ　この二十五年
ぼくは何をしてきたのか
中空の向こうから
馬頭刈（まづかり）尾根と大岳がぼくを見おろす
かつて七月のある朝
木の根の走る薄暗い裏道を
タマゴダケを探すきみの後から
ぼくは身をかがめて付いていった
モリアオガエルの生息する池に
いまカルガモが棲みついている
カエルはちゃんと交尾して
池の面に差しかける枝に上がり

樹上で卵を産めるだろうか
きみでなくとも心配だ
気がつけば
コウホネがもう咲いている
シャガの群生する池を回り
檜皮葺(ひわだぶき)のお堂を見上げ
ぼくは今日
お坊さんとお墓の話をしにやってきた
「ここなら入ってもいいわ」と
きみが言っていたその墓だ
ぼくも間もなく一緒に入るだろう
お茶をいただき一服して
人影のない参道を降りていこう
もうすぐヤマユリの開く季節だ

いまはミヤコワスレの青い花が
日陰に楚々と咲いている
なんという佳い名前だろう
鄙の里の真の雅びだ
驕らざるその花影で
ぼくは胸の写真を取り出して話しかける
「また一緒にここへ来よう
このあいだは桜を見るのも辛かったけど
来年は一緒に見よう
いまは帰ったらお茶を飲もう
ぼくの淹れるお茶は
和尚さんのお茶より旨いぞ
だって百年の半分もずっと
きみのために淹れたのだから

娘の二番目の夫のアルゼンチン人まで
お父さんのお茶はおいしいと言ったぞ」
するときみはにこにこして
「日本人のわたしも美味しいと言うわ
だからわたしにいつも淹れてね
でも美味しい茶葉を見つけたのはわたしよ」
そのとおり
だからこそぼくは言うのだ
きみがぼくを置いて逝ってしまうわけがないと

＊注「ヤマナシ」はナシの野生種。果樹として栽培されているナシは、このヤマナシから改良されたものである。

「カヤ」はイチイ科の常緑高木。この寺のカヤは高さ二十五メートル、幹の直径二、五メートル以上ある。

「野良坊」は西多摩地方に伝わるナタネ科の救荒作物。近年は都内でけっこう高値で売られているらしい。

「モリアオガエル」は交尾後、水面に突き出した枝に登り、そこで産卵する習性がある。

「タマゴダケ」は食することができるが、近縁で似たものには致死性の毒がある。

「コウホネ（河骨）」はスイレン科の多年生水草。夏に五弁の黄色の花を開く。ただし、このとき池に咲いているのをコウホネだと和尚さんは言ったが、季節から考えて実際は、菖蒲の一種だと思われる。

「シャガ」はアヤメ科の常緑多年草。四月から五月に十個内外の紫青色の一日花をつぎつぎと開く。

都会の散歩道

きみと最後に歩いた都会の散歩道を
いま一度歩いていると
並木がするするとせり上がり
ぼくと一緒に中空(なかぞら)に浮かび出た
下を見ると道端に
シロツメクサが咲いている
冠を編むのが好きなきみは
四つ葉のクローバーを見つけるだろう
脇の花壇には矢車草が咲いている

きみの骨壺の横の花瓶に
ぼくが差したのも矢車草
空の奥から星形にひらく
きみの大好きな青い花
お隣にあるのは確かネモフィラ
うすく透明なみずいろの花
きみが教えてくれたその名前を
ぼくはめずらしくすぐに憶えた
その向こうにはチューリップ
矢車草とネモフィラは
やわらかな夕暮れに溶けこむが
大仰に突き出したチューリップは
トウが立ち
その末路にふさわしい

「そんなこと言ってはだめよ
それよりもあそこを見て」
きみの声を頼りにあたりを見ると
ビルのあいだの広い空き地に
山羊が草を食んでいる
芝刈機と除草剤なしの素敵な景色
その遠い向こうには
奥多摩の山々が並んでいる
言葉の不要なあの大岳に
ぼくひとりが登っていたころ
羨んでいたきみは結局
ぼくよりもたくさん登り
前からも後ろからも
とうとう空からのルートまで開拓した

帰宅後の話がいちばんの酒の肴
しかしいま
きみを求めて浮遊中のぼくに
帰るところは見つからない
帰ったところできみはいない
そこへいきなり
「ちょっといいですか」と下界の声
なんだ
宗教の勧誘か
それにしても勧誘員がタイかベトナムの人とは驚いた
けれども付き合っている暇はない
ぼくはこのまま滑空し
きみのいるはずの家を見つけだし
酒の肴をふたりでつくり

宵闇の庭に咲く花
月下美人をながめつつ
乾杯するべきときなのだ
ぼくは勧誘員をふり払い
夕闇に浮かぶきみの目のなかに目をひらく

＊注「大岳」は西多摩に聳える大岳山（標高一二六六メートル）のこと。阿伎留台地の奥に象のように聳え、かつては東京湾を航行する船の目印にもされた。
「月下美人」はサボテン科の観賞植物。芳香のある白い大きな花を夜ひらき、翌朝までに萎む。

この世の話

この世で死んだ人と話をするなんて
ちょっとヘン
なぜって　この世で死んだなら
その人はもう話せないはず
話しかけられるのは
生きた人だけなのだから
死んだ人はあの世にいるのだから
話にもならないはず
話をする人も死なないかぎり

死んだ人とは話が通じないはず
ということはひょっとして
死んでも人は生きているということ
それって当たり前のことじゃない
そうかしらん
死んだ人が生きていると
生きている人が言い立てるのは
あまりあてにできることじゃない
あてにするような話は眉唾だ
死んだ人に話をするというけれど
では生きて普通に話をするってどういうこと
それが分かっていないのに
どうして物分りのいい話など
死んだ人にも生きている人にも平気で出来る

それがいちばん残酷なのが
分かっていながらそうするのか
ああ　ぼくは混乱している
生と死が入り交じるなら
互いにもっと敬意を持って
話し合わなくては話にならない
死んだ人を愛さなくては
死のことなんか口にできない
生と死のどちらかだけに価値があるなど
ちょっとおかしい
あの世に行って帰ってきた人が
ときどきおられるそうであるが
みんなこの世の言葉で話している
ほんとうはあの世に行ったことはなく

夢に見ているだけ
ああ　でもぼくも夢を見たい
草花も互いに交信するというからには
夢を見るのではあるまいか
ましてや風にそよぐ木の葉が
話をしないと誰が言おう
あれはきっと
この世で散った仲間たちに
巡りくるいのちの言葉で
話しているに違いない
ああ　ぼくもそのように話をしたい

独り言

ぼくはまた山小屋で散歩した
またどころか　いつだって散歩している
いつもとちょっと違うのは
ずっと独り言していたことだ
いや　それだっていつもしている
いつもとちょっと違うのは
この山小屋の散歩でしたことだ
独り言だといったけど
それもいつもとちょっと違う

ぼくはきみに話しかけたが
きみもぼくに答えてくれた
こころとこころの対話だが
誰もいない明るい山麓で
ぼくはきちんと声に出した
ぶつぶつ呟くのではなく
大声で叫ぶのでもなく
はっきり明瞭に発音した
別にそれが目的ではなく
きみに話しかけたらそうなった
きみも爽やかに答えてくれた

いつも行く郊外のスーパーで
買物しながら

ひとりで喋っているオバサンがいる
品物を選びながら
レジでお金を払いながら
不在の誰かと話している
不敏なぼくもようやく分かった
亡くした夫と話しているのだ
忘我というのとはちょっと違う
忘我はふつうの客のほうだ
物の値段と中身に夢中になり
あれこれひっくり返しながら
時間に追われて慌てている
オバサンは時間をかけて楽しんで
いや　悲しみながら物を見て
こころとこころの対話をしている

一方だけに気を取られず
両方のバランスが取れている
オバサンには亡き人の声が届いている
だからオバサンは注意深い

気がつくと
あらゆるものが
ぼくに呼びかけを発している
ここに座って
まわりの声に
草むらの虫の羽音に
雲のつくる無言の音符に
光と影の交替する森の葉ずれに
名も知らない路傍の草のつぶやきに

ゆっくり耳を傾けていたい
あれは雑草だが
こんなに密集して
可哀そうなくらい小さなみじめな花を
こんなに付けて風に揺れていると
庭では目の仇にして引き抜くのに
そっと手で触れて
優しく愛でたい
あれはそう
名前だって
ハルジオンという可憐さではないか

掃除・洗濯・ゴミだし

さあ　今日は月曜日でいい天気
掃除と洗濯とゴミだしだ
掃除と言ってしまったが
たぶん掃除は明日か明後日
今日は洗濯とゴミだしで
残りの時間は書類整理
まず家中のゴミ箱を探して空にする
一つにまとめてゴミ袋に入れ
九時に集めにくるから大急ぎ

「これはやったね
あれは忘れないで」と
声を出しながら
きみと一緒に働こう
片付け仕事が好きだった
きみと一緒に片付けよう
袋の余ったところには
庭木の手入れと雑草抜きの
枯れ木枯れ草を押しこんだ
その間に洗濯だ
娘がやり方を書いてくれて
洗濯機に貼ってある
ゴミを出しに外へ出ると
八時なのにきらめく陽光

五月の初め
イヴ・モンタンのJoli mai なのに
ラジオでも告げていた
今日は真夏の陽気だそう
事務所のひとは涼しいだろうな
でも　つまらないに違いない
こんな日には外に出て
木蔭を歩き
空を見上げ
こんな日には洗濯をして
買物に行き
涼しい家でごはんを食べよう
きみのこれまでしてきた仕事が
ぼくにもよく分かった

ぼくはきみと話しながら
悲しい思いを抱きながら
それでも少しこころが軽く
こんな日には草木と語らい
川辺に涼んで
昔のことを思い出そう
そうすれば昔とつながるこの今を
生きていくのが楽になる
ほんとうにきみと一緒に
涙なしに働いて生きていける

＊注「イヴ・モンタン」（一九二一―一九九一）の Joli mai（ジョリ・メ「美しい五月」）は「うるわしの五月」とも訳されているシャンソン。

親切

親切って
いったいどんなことなのだろう
親切って
深切とも書くのだから
深く切なることなのだ
いずれにしても切が大事だ
切なる行為なしでは
物事は始まらない
行為はこころが起こすもの

形だけの行為を空疎という

ぼくがお土産を持っていくのは
コミュニケーションを求めてのもの
結局自分のために持っていくのだ
ところが旧地主のGさんの奥さんは
「ちょっと待って
晩ごはん用に私のお漬物あげる」と言う
向かいの家のOさんの奥さんは
子ども二人の送迎で暇なしなのに
庭にしゃがみこんで土いじりしていたら
こごみのお浸しをぼくにくれた

ぼくはきみと二人のとき

そんなことを思いもしなかった
たまに旅の土産をご近所にあげると
もっとすごいお返しが来て
「エビでタイ釣った」などと喜んで
「馬鹿ね」ときみにきつく叱られた
なんと浅ましきおのこかな
深切とはほど遠い
きみと二人の小宇宙に嵌りこんだ
なんとカワイイ人生体験

でもそれはぼくだけのこと
有頂天になっていたせい
きみの夫であることに
甘えきっていたせい

きみは不安に思っていた
幸福のあとに何が来る
「運命ですな」と老医は言った
自分も妻を亡くした八十歳のお医者さん
しかし不幸の遠因はぼくの驕り
驕れる者は久しからず

驕らざる者も久しからず
太田道灌はそう言った
きみは驕らざる者だった
土と水と空と光を慈しんだ
ああ　ぼくも驕らざる者となって
きみのところへ飛んで行きたい
もう地上にも飽いていいころだ

そうかといって天上はまだ早い
それでぼくはこころ虚しく
こんなところを滑空している

＊注　太田道灌のこの逸話は、小林秀雄の「私の人生観」に出てくる。

飛行機よりも優雅に

夏休みの孫を迎えに
空港へ行った
展望デッキに座っていると
目の前を飛行機がつぎつぎと離陸する
重たい機体が浮き上がる光景に
いまさらながら驚いた
あれは凄い力を出しているのだ
ぼくもあんな凄い力を出せば
きみを呼び戻すことができるだろうか

それともほんの少しの力でもって
きみのところへ行く方がいいだろうか
どちらが人騒がせでないだろう
いや　きみはどこでもなく
どこでもあるところにいるのだから
そんな心配をしなくていい
中也の言うように
「たしかに此処で待つてゐればよい」
そうすれば
きみは飛行機よりも
ずっと優雅に舞い降りてきて
このあいだの夜
気がついたらそうだったように
ぼくとからだをぴったりくっつけて

寝てくれているだろう

＊注「中也」は中原中也（一九〇七―一九三七）のこと。引用は「言葉なき歌」より。

もしもぼくが……

もしもぼくが
この飛行場のそばに住んでいて
きみが空に旅立ったことを知っていたら
ぼくは毎日この展望デッキにくるだろう
そしてきみはいつか
空から舞い降りてくるだろう
それを毎日ここで待っているのと
あの秋川の渓谷沿いの木蔭の道を
きみに呼びかけて毎日

楽しいけれどつらい散歩をするのと
いったいどちらがいいだろう
そんなことを思っていたら
きっとまた「お馬鹿さん」と
きみに言われることだろう
そう言われる前に
ぼくは急いで考えた
こちらの方がつらいだろうな
ここでは座って待つだけで
声も出せない
出しても爆音に圧殺される
あちらでは流れに沿ってゆっくり歩き
川岸から山裾の道にしだいに上がり
川沿いの畑や林を見おろして

いつでもきみに話しかけられる
「ほら今日もよい天気で気持ちがいいね
ここはぼくたちの好きな散歩道
見晴らしがよく
季節ごとに花が咲き
鳥が啼いて
何度来てもいいところだ」
もしもぼくが
この飛行場のそばに住んでいても
ぼくは秋川に憧れるだろう
そこはきみと一緒に歩いたところ
そこをきみと一緒に歩いているだろう

さようなら

「さようなら」
と言っているのが
口の動きでわかった
空港の搭乗口で
ガラスを隔てて別れたあの二人は
きっとまた会うことができるだろう
ぼくはきみに
「さようなら」と
言ったことがあるだろうか

思い出せば
それは遠い昔の
恋の初めのころの話
父が亡くなったとき
ぼくは父のからだに触れて
「また会おうね」と言った
なぜその言葉だったのかは知らないが
自然だった
きみの臨終のとき
ぼくはきみの耳元でささやいた
「大丈夫、いつも一緒にいるよ」
それも自然な言葉だった
だがぼくのこころはふるえていた
「さようなら」と言うほうが

会う確率は高いのだ
だがぼくは怖くて
それを言うことができなかった

よき時

戦後という
よき時に生まれ
きみという
よき人に出会い
娘二人という
よき子を得て
この人生という
よき時を過ごし
ぼくの理性と感性は

知らないうちに麻痺していた
恐ろしい現実が
ぼくを待っていたのも当然だ
しかし誰が決めたのか
ぼくではなくきみが
その運命に見舞われることを
誰がそれを「運命」と
冷たく決めつけたのだ
麻痺していたぼくが遭うべき運命を
きみに配したのはいったい誰だ
きみはぼくを夫に指名し
戦いの人生を優雅に
たゆみない工夫で切り抜けた
きみに選ばれたぼくは有頂天

きみの優雅な戦いぶりを憩いと間違え
きみに「お馬鹿さん」とさんざん言われ
よき時を生き過ぎて
よき時に死に損なった
おのれの浅ましさを厭(いと)うなら
聖人になれない以上
にんげんを返上しろ
花を愛でるよりも花になれ
鳥を喜ぶよりも鳥になれ
勇気を欠いた者だけが
にんげんの有様に固執する
きみの日常生活は
驕れる者への静かな抗議だ
ぼくもせめて

驕らざる者となり
新たなよき時に身を投じよう
時の内部に生き続けるきみのために

血の花

血のような花を買った
ドキッとして
思わず買った
山小屋へ行く途中のことだ
なんのことはない
母の日を忘れた人のために
一週間後にプレゼントする
赤いカーネーションの鉢植えだ
ぼくの母は三十年前に亡くなった

以来ぼくの母は
いや　ずっと前から
もうひとりのぼくの母は
きみだった
きみが亡くなってから
数えるのもいやだが数えてしまう
もう百六日
ホスピスで最期を看てくれた
看護師のＦさんが
百日目に手紙をくれた
「奥様がお亡くなりになって
もう三ヶ月が経ちましたが
悲しみが癒えるには
まだ時が必要かとお察しします

最後までお宅で頑張られ
入院されてからもずっと
奥様に寄り添っていらした姿が
私には忘れられません」
ぼくはきみと一緒に
自宅で闘っていたときに聴いて
もう二度と聴くまいと思っていたCDを
山小屋で思い切ってかけてみた
壮麗なパイプオルガンが鳴り響いた
こんなとき
萩原朔太郎のおるがんの詩など
思い出すな！
ぼくは買ってきた血のようなカーネーションを
西側の窓の下に植えた

思い切り泣け

さあ今日は思い切り泣け
爽やかな天気のもとで
ピアノソナタを聴きながら
洗濯物を干しながら
鳥の啼き声を聞きながら
思い切り泣け
世界はいまデタラメで
とんでもない魑魅魍魎が
我が物顔に跋扈している

放っておけ
かれらにはかれらの自壊の道を歩ましめよ
それよりもどうだ
この静けさのなかに溶け入って
一体となって
しかも粒選りの音の世界
ぼくが朝早くからめずらしく机に向かうと
きみの働く軽やかな音が聞こえてきた
テラスで洗濯物を干している
さあ出て行ってきみを手伝え
そんな必要はまったくないが
ぼくはきみの動く姿が好きなのだ
その幻影が
いま消し飛んだ

今日はもう
思い切り泣け
このまぼろしのように
すべてはみな消えるのか
魑魅魍魎はとうぜん消えるが
きみとの輝かしい日常も
跡を残さずに消えるのか
音楽も
庭の光も
二十八種まで数えた鳥の声も
みんなきみのいたときのまま
家のなかも前のまま
まだ百八日しか経たないのに
ちょっと荒れ放題ではあるけれど

気をつけて整頓してはいるけれど
きみのように綺麗にならない
でもほとんどきみのいたときのまま
それなのに
きみとの生活はすべて消えるのか
洗濯物が揺れている
丁寧に干さないと　ほら
風がつよく吹いたら落ちてしまうわ
きみの丁寧な指先を
ぼくは讃えてじっと見る
さあ今日は
思い切り泣け

飛び込み

ションベン岩から清流へ飛び込んだのは誰だ
ドボンという水音とさざめく笑いの輪のもとは
きみか
きみの娘か
それとも孫か
波紋が淵に大きくひろがり
きみの娘時代に
きみの娘の少女時代に
きみの孫の現在の姿に到達する

河原でひとり離れて
本を手にしている少年は誰だ
上半身を陽に晒し
自転車を横に置き
これからどこへ行くつもりだ
アイルランドの丘の上から
海の向こうを眺めやり
ヴァロアの城主の跡継ぎとして
煩悶の日々を過ごし
百合の香りに誘われて
憂愁の哲学者の顔を
水面に映しているつもりなのは
いったい誰だ
淵から顔を出した少女が呼んでいる

「さあ、一緒にいらっしゃい
手をつないで飛び込みましょう」
お前にはお姫さまなど必要ない
水面から首を出したその子がいい
だがお前は受難の夢想を捨てられず
切ない少女の呼びかけに耳を貸さない
誰と手をつないでも
歓びと同時に悲哀を感じる年頃なのだ
そんなことではやがて
予想通りに
きみときみの娘と孫娘から
三代続きの失笑を買い
頭をくりくり撫でられて
本のページを閉じられるのが関の山だ

ションベン岩の上に立つ勇気もないくせに
本を汚すのは嫌だと言い
小さいときから高所と閉所の恐怖症
それに広場恐怖症まで隠しながら
本の虫を装って
ほんとうに本の虫になったのは
いったい誰だ
「本を捨てて、行ってらっしゃい」
そう言うのは母親か
母親代わりの女人か
愚かな男はジジイになっても少年のまま
ババアの娘時代に憧れている
ドボンという激しい水音と
さざめき広がる笑いの輪は

男を目覚めさせるためなのか
いっそう深く夢見させるためなのか
いずれにせよ
哀れな男には
虚構の妖精が必要なのだ
健康オタクの女にとって
野菜や果物やサプリメントが必要であるように

*注「ヴァロア」はパリ北東の地方の名。十九世紀フランスの詩人ネルヴァルの『火の娘』と、かつてきみとしたこの辺りへの旅の記憶が念頭にあった。

夢 1

ぼくが先に死んでいたら
きみはどうしていただろう
今日ぼくがしたように
庭に出て土いじりをしただろうか
きみが散歩のときに被るランニング帽子が
コート掛けに掛かっていた
おデコのところの内側に
おデコにある小さな染みを隠すために
きみの使っていたファンデーションの

薄茶色がついていた
ぼくが先に死んでいたら
きみはぼくのにおいのする帽子を被って
ぼくがきみの帽子を被って庭に出たように
まだ朝靄のたゆたう庭に出ただろうか
ぼくはまず木刀を百回ふる
でもその途中で
すぐ雑草に気がついたり
枯れた水仙の葉を取り去ったり
ドクダミの白十字の花は可憐だが
このまま繁殖させたらさあ大変
山小屋のタンポポやコスモスと同じになる
家のなかを飛ぶ小さな羽虫を外に出そうと捕まえようにも
小さすぎて捕まえられず

思わず本能的に
いや自分勝手な都会人的に
あっという間につぶしてしまい
すぐ後悔して可哀そうという
その気持ちすら植物には抱かず
ドクダミを目の仇にして引き抜いたり
日差しがだんだん強くなり
家のなかにとうとう入り
骨壷にあらためて目が行って
「みんみん、お茶にしようか」と
ぼくがいま言おうとしているように
ぼくが先に死んでいたら
きみは「ぼうぼう、お茶にしましょう」と
ぼくに呼びかけて

お湯を沸かしてくれただろうか
それともきみは
ぼくが五キロ痩せ
体脂肪六、八パーセントになっているより
もっと痩せてガリガリになり
もう死にかけているだろうか
ぼくはと言えば死に損なった
回復の兆しすら出てきた始末
でもほんとうは
一緒に生きてきたからには
一緒に死ぬべきだったのだ
いまでもぼくは生き延びながら
世界のなかを浮遊して
あてどのない夢を観ている気分なのだ

＊注「みんみん」「ぼうぼう」は二十年近く前、中国語のラジオ講座をいっしょに聞いていたときに付け合った綽名。

夢　2

フランスの詩人ヴェルレーヌが唄っていた
「この淋しさはなにならむ」
そういうときには
そう言うしか仕方がないのだ
ぼくもほんとうに淋しいが
その理由は分かっている
分かっていても
淋しさに変わりはない
きみが逝って百二十日

今日は四ヵ月後の命日だ
ヴェルレーヌにも奥さんはいた
良妻とか悪妻とかは関係ない
身近にともかく特別な人がいて
ともかく親身に思ってくれるのを
ありがたいと思え
(その親身さが煩わしいというのは傲岸だ)
お前ひとりで生きていけるわけがない
ぼくも今日
山小屋にひとりで来ることができなかった
ローマの哲人エピクテトスも言っている
「自分のものでないものに思い悩むな」
(自分のできることに専念しろということだ)
いまぼくにできることはただ一つ

ぼくたちの山小屋のひろい庭を
きみがいたときのように手入れすること
この季節
どんどん雑草がはびこって
いま行かないと大変なことになる
このところ雨が降らないが
雑草を抜いて
花や木に水をあげよう
だがぼくは苦しくて
ひとりで来ることができなかった
仕事をしている間はいい
家に入ってひとりになると
向き合うのは不在のきみ
（胸に大きな穴が開くというのは本当だ）

仕方なく
ぼくは前から知っている女の人に
頼んで一緒に来てもらった
こんなとき
男は嫌いだ
優しい気持ちを素直に出せない
なにかを口にするときも
同時に別のなにかを考えている
なにを言っても
固定観念にしがみついて悦に入る
(これはむろん自分のことだ)
だからぼくは女の人と車で一緒に
梅雨入り前のよい日和
山の景色を見ながらやってきた

近くのごはん屋さんでお昼を食べ
いつものように旧地主のGさんに挨拶し
ヘンな風に思われるのは嫌だから
（女の人は黙ってそばに立っていた）
父方の従妹ということにした
（ペルソナとはもともと仮面のことだ）
それからちょうど集落の運動会
田植えが終わっていいタイミング
子どもより大人の多い運動会を見物し
Gさんの奥さんが組長で係りをしていて
だからそこでも挨拶し
女の人と山麓の見晴らしのよい野道を散歩した
いい空気を吸い
いい景色を見ながら歩いていると

ぼくの声は風にさらわれ
虚空のなかに散っていった
明るい高原には人影もない
「あそこのビニールハウスのところまで
手をつないでもいい？」と
ぼくは思わず言いそうになった
でも言わなかった
どうして言わなかったのか
それは知らない
きみに悪いと思ったのか
女の人に悪いと思ったのか
それも知らない
（甘えた餓鬼になるのが嫌だったのだ）
もし言ったら

「だめよ」と言われたか
「あそこまでならいいわ」と言われたか
それも知らない
どちらでもいいことだ
（そんなことは徳でも悪徳でもない善悪無記だ）
ぼくは一瞬黙って
空が心地よく晴れていて
風が心地よく吹いていて
その瞬間
幸せでも不幸でもなかった
それから普通に話しながら散歩を終え
山小屋に戻ってお茶を淹れ
帰宅の電車に乗せるまえに
道の駅より素敵な店へ連れて行き

おいしいパンと野菜をおみやげに買い
駅まで送ってサヨナラをした
（その人は「わたし何でも聞いてしまう魔性の女よ」と笑っていた）
それからぼくは山小屋に帰り
明るい午後の陽ざしのなかで掃除をし
家のまわりを綺麗にし
日の落ちるまで庭にいた
そして風呂に入り
すこしだけ酒を呑み
いまこれを書いている
その途中で
きみの写真の前のコップの水を取り換えて
きみに向かって話しかけ
いっとき激しく涙を流した

きみに悪いとも
女の人に悪いとも
どちらであったわけではない
ただきみに話しかけたら涙が止まらず
泣きながら思った
(泣いてばかりいるジジイはババアより始末が悪いな)
あんなことをしたって
何もならないことは知っている
こんなふうに書いたって
何もならないことも知っている
でも知らないうちに時が経ち
少しだけこころの落ち着いた自分を見つけた
今夜はどんな夢を観るだろうか
ぼくは知らない

しかしいくら淋しくても
きみの出てくる夢がいい

再会

きみはいいお婆さんになるはずだった
いまからでも遅くはない
いい婆さんになって
いけない爺さんのぼくと会おう
娘にも孫にも会えるだろう
ジイちゃんバアちゃんと一緒になって喜んでいる
きっとみんなにからかわれる
そしたら素麺でもすずしく食べて
近所の川へ遊びに行こう

孫の手をしっかり握り
お話ししながら橋を渡り
木蔭になった川原へ降りよう
水遊びにはもう遅いが
流水の無限変化を見るだけで気持ちがいい
緑なす山間のこの谷川で
みんなで一緒に遊ぶなんて
いつ夢に見たのだろう
いや夢ではない
一瞬の飛躍が
この時間と空間を創造したのだ
青空を刺し通す宇宙からの信号が
そのことを証している
みんなもこの川辺で遊びながら

無意識に空へ挨拶を返している
気がつけば
きみと別れていたのは一瞬のことではないか
ずっと前に亡くしたエイラまでが
尻尾をふり
からだをふるわせて仲間入りだ
おや　父母だけでなく祖父母までが
橋の欄干に凭れてこっちを見ている
みんな遥か昔のことを
昨日のように憶えている
気がつけば
孫ももう結婚するばかり
いや　曾孫までが産まれそうだ
みんな遠い未来のことを

明日のように考えている
悲しみの歴史とはちがい
歓びの歴史は一瞬にして展開される
だからいい婆さんと
すでにいけない爺さんも
一瞬のうちに若やいで再会するだろう

探索無用

どうしてきみはお婆さんにならないで
ぼくを置いて逝ったのか
百年の二分の一も一緒に暮らして
毎朝のように微笑んで
最期の一日前の朝にも微笑んで
逝ってしまったきみと
ぼくは手に手を取って
時の外へ逃げたかった
でもその必要はなかったのだ

なぜって
きみはいつどこにでもいる
庭を見ても
庭から望む山を見ても
川音と風の音に耳を澄ませても
きみが時のなかにいるのが感じられる
跫音に気がついて
ぼくは背後をふりむく
すると
どんな山裾
どんな川辺
どんな森蔭にも
きみが見いだされる
きみとともに過ごした時間が

どんな場所にもひそんでいる
マロニエの花が咲き
うぐいすが藪でさえずり
あたり一面どこもかしこも
変わらぬ初夏の景色のなかに
恋人たちの語らう花の影に
きみは溶けこんで透明に存在する
ぼくは中空(なかぞら)に手を差しのべる
手の差しのべ方に
上手い下手があるものか
きみはすでにそこにいる
探索は無用のことだ
一日しか会えない恋人もいる
百年の二分の一も生活を共にして

幸福を味わい尽くし
それ以上なにを望むのか
きみは黙って微笑んでいる
広大無辺な宇宙において
空虚と充実の区別を誰ができよう
幸福と無為の区別を誰が知ろう
今日もまた地上では
人気を得ようと権力亡者が
不安をいたずらに掻き立てている
ぼくはむしろ
きみの微笑にこころを委ね
きみのなかに憩うことを選ぶ

理性の言葉

ぼくはきみが死ぬと
ほんとうに思っていたのか
思ってはいたのだが
信じたくなかったのか
医者はデータを見せ
余命一ヶ月と告げ
ホスピスへ行けと言った
ぼくらの友のアストリッドも
永遠には生きられないと言った

かれらはただ事実を告げたつもりか
それとも慰めのつもりだったのか
「わたし死んでもいいけど痛いのは嫌」と
きみは言った
訪問看護師はそれを聞いて顔を背けた
ぼくはきみの冗談だと思いたかった
しかしそれは
きみの理性の言葉だったのだ
いたずらな苦痛に何の意味があろう
きみは柔軟そのもので
死とは柔軟性の欠如だから
死神はきみにとりつくすべがない
きみのいう死とは
生物の死にすぎないのだ

こころを即物的に語りたもうな
こころはヒトとモノ
ヒトとヒトとの間に生まれて
モノが壊れても
ヒトが死んでも失われない
それどころかいっそう深く
余白の世界に刻みこまれる

＊注「アストリッド」は南仏で三十年前に出会った光枝のドイツ人の親友で、学校教師・美術家。

会いたい人

会いたくて堪らないのはきみだけだ
あとの人は
亡くなってしまった人は
仕方がない
よき思い出を蘇らせて
感謝の気持ちを捧げるだけだ
ただきみにだけ会いたい
会って目を見交わして
黙ってしばらく見つめ合い

きっと涙を流し
声を上げて
叫ぶようにしてだろうか
ささやくようにしてだろうか
そっと
おずおず
恥ずかしそうに
どうしたら良いか分からずに
黙って
でももどかしく
じっと抱き合うに決まっている
それから
ぼくたちはちょっと横を向いて
嬉しい涙を拭いてから

いったい何を話すだろうか
昨日ぼくが道端で
ネコジャラシって知っているかい
知っているに決まっているよね
あの草の茎を見つけて
ああこんな草が
こんな都会の路傍にも生えている
そのことに一瞬おどろいて
ほとんど無意識にひき抜いたら
ぼくの手は自然に
その穂をモゾモゾやっていた
そうすると
穂についた剛毛の向きによって
毛虫みたいに動き出すんだ

あれを知らずにやったとたん
ぼくは五、六歳の幼児に還って
ああ　それればかりでなく
きみと出逢って
野山を散歩していた恋人時代に還って
いや　いつだってぼくたちは恋人
ネコジャラシの記憶を語り合って
丘の上から過去と未来を
ふたりで眺めていたことを思い出し
その話を
久しぶりにするだろうね
あれを首筋から差しこむと
子どもたちは大騒ぎ
ぼくたち二人も大騒ぎ

子どものたわむれに打ち興じる
ああ
どこにでもある平和な光景
あれはどこに失われたか
いや　こころのなかにしっかりある
ぼくたちは
そんな話をきっとして
それからネコジャラシの草が
エノコログサだということを思い出し
どこかでお茶を飲みながら
しずかなアルビノーニのアダージョか
ブラームスのバラードを聴きながら
時の流れに耳を澄ますに決まっている
それがぼくたちの自然の再会

奇跡の再会の歓びのさま
それは決して虚構ではない
それはぼくたちのこころの真実
ああ　会いたくて堪らないのは
きみだけ
きみはここに
ぼくのこころに
ぼくの生きた時間とあらゆる場所に
ぼくのいのちのなかにいつもいる
それなのに会いたくて堪らないのはなぜ
そんな思いを掻き立てるように
ピアノを弾いてはいけない
歓びにはずんで
雨上がりの青空が

紫色の夕焼けに変わるころ
ふたりでどこまでも歩いて行こう

恋の反芻

「旅も恋も、そのときもたのしいが、
反芻はもっとたのしいのである」
と書いた人がいる
「ほんとうにそう?」とぼくは訊きたい
その人はたのしいことしか知らないらしい
さもなければ辛すぎて
旅と恋にたのしさだけを求めたらしい
むろんそれは
たのしさの定義にもよるだろう
定義などという硬いものではなく

たのしさの感覚にもよるだろう
感覚などというあてにならないものではなく
たのしさの記憶にもよるだろう
そうなると
記憶の反芻はむしろ自然？
しかし旅の反芻は空間の反芻
恋の反芻は時間の反芻
時間は反芻によって変化する
恋の反芻をたのしいという人は
恋を呑みこんで消化している
しかしほんとうは
恋が深淵の口を開いてあなたを呑みこむ
たのしいなどとは言わせない
恋の思いはくるしい

かなしい
胸がつまる
締めつけられる
その形容でも不十分
反芻がたのしいのは
噛みごたえのあるときだけ
存在の危ういもの
得体の知れないものは反芻されない
記憶は得体が知れないとでも言うの？
そう反問されることだろう
だが恋の記憶は存在の仕方がちがうのだ
曖昧でありながら絶対
現実でありながら夢
これがつらく

切なく
胸がつぶれる
なぜなら
それは絶対だから
相対のこの世に生きている人には知られない
取り返しのつかない時間が
取り返しのつかにままに変化して
あなたの内側にありながら
口を開いてあなたを呑みこむ
恋の記憶の絶対とは
たぶんそうしたものなのだ

＊注　引用は向田邦子の『反芻旅行』から。ただし、正木香子『本を読む人のための書体入門』（星海社新書）からの孫引きである。

時の重さ

夏休みになって孫がくるので
きみの骨壷を移動した
いままでは居間でいちばん良い
室内も庭もよく見えるところに置いてあった
きみはこの室内と庭が大好きだと
最期のベッドでも口にしていた
毎朝起きるとぼくはきみに挨拶して
骨壷を抱いて話しかける
横にある写真を見て

それはついこの間の
きみの素顔そのものだから
ぼくはここにきみが
ほんとうにいる気持ちになる
骨壷の反対側には
きみとぼくの親しい人から寄せられた
手紙や葉書の束が置いてある
それらすべてを
二階のきみの仕事部屋に移動しようと
骨壷を持ったとたん
ぼくは驚いた
その重さをわすれていたのだ
それはきみの重さなのに忘れていた
「ごめんね」とぼくは言い

骨壷を持って階段をゆらゆら上がった
しばらく見なかったきみの仕事部屋には
ぼくたちの人生の旅の記憶が
いっぱいに置かれていた
イギリスやフランスのアドレスが
透明なビニールクロスの下に置かれていた
それらのアドレスは
ぼくの記憶からすっかり消えていたが
きみにとって
そこで何が起こったのだろう
ぼくにはきみのことしか思い出せない
スコットランドのヒースの丘を
ぼくと一緒に歩いたきみの足取り
ヨークやリンカーンのカテドラルの

森閑とした穹窿を
じっと見上げたきみの眼差し
ノルマンディーの夏の初め
ひなげしの点々と咲く野で
風に吹かれて靡いたきみの髪
それら夢の影像に隠されていたものが
骨壷のなかに凝縮されて
知らないあいだに
こんな重さになっていたのだ

物言い

起こったことはすべてよい
そのように言うひとを
残酷な人だとは言わない
自己愛の強い人だと思うだけだ
起こったことはすべてよい
血を流している人にそう言えるだろうか
嘆いたところで仕方ない
変えられないことと
変えられることを区別しろ

そう言えるだろうか
過去には生きられないというけれど
人間が現在を創るのは
過去が現存しているからだ
感情と記憶がからだに食い入って
知覚と合体するからだ
愛と執着とを区別する人は
人生を楽しむといいながら
人生の外
世界の外に立っている
とは言わないにせよ
時間の力を無視している
苦しみが自己中心的だという人は
自己が簡単に中心になると

自己中心的に考えている
自分がわからず
人がわからず
世界がわからず
悟りを拒否し
物事の損得勘定に耐えられず
未来に絶望していることを
かわいそうだというのだろうか
現在に絶え間なく苦しみ
未来の苦しみを回避しよう
事実と妄想を区別しよう
といわれて血管を切り開くのは
過去に囚われた
自己中心的な行為だというのか

世界の外
時間の外に立つ人は
起こったことにくよくよするなと言うだろう
そして故人を偲ぶと言いながら
棺の前で自分のために花を供えている

いきもの

いきものの意味を知る人は
起こったことはすべてよい
とは言わない
いきものの殺傷が
いたるところで続いている
それは起こったことではなく
起きていること
起こしていること
過去ではなく現在

事物ではなく進行
創造ではなく破壊
いきものの意味を知る人は
ひとりでは生きられず
多くの人と助け合い
多様ないきものを育てている
パリサイ人に抑圧されて
熱い涙に暮れながら
未来の無数のいきものへの愛を
人々のあいだに育んでいる

二日前

きみは逝ってしまう二日前に
ぼくを仕事に送り出した
どうしてそんなことができたのだろう
ぼくなら絶対にできないことだ
ぼくはそれまでも
その日の朝も
その日の仕事から帰ってからも
ずっときみのそばにいた
でも仕事に出かけた六時間あまりも

きみのそばにいたかった
仕事など
逝ってしまうきみに比べれば
無に等しいのではなかろうか
仕事のあいだぼくは冷静なようでいて
どうしていたのかわからない
往き帰りの電車のなかでも
どうしていたのかわからない
あんなことは二度といやだ
拷問とはあれだろうか
帰ってきたぼくを見て
きみがどうしていたかも思い出せない
帰ってきたことが奇跡の幸福のようでいて
残酷な刑罰を受けて麻痺したようで

どうしていいかわからなかった
きみは疲れ切っていた
ぼくの疲れなど比べものにならなかった
きみはなにも言わなかった
ただぼくの帰ってきたのを知っただけだった
一晩明けた
ほとんど不眠の朝
きみはぼくを見て笑みを浮かべてくれた
奇跡の笑みだった
それが最後の笑みだった
それからきみは
ほとんど眠り続けて麻痺したように
逝ってしまった

手放し

きみといるとあまりに楽しく
ぼくは安心して
それが普通だと思っていた
生きるとはきみといること
仕事とはきみと話すこと
少なくとも
きみがいるからできること
そしてこれは
きみにとっても同じだと思っていた
「この五十年間わたし幸せだったわ」と

きみは逝ってしまう前に
すぐ下の妹に告げたそうだ
ぼくにはそれを言わなかった
言う必要がなかったのか
それを聞いたら
ぼくが泣き出すと思ったのか
この五十年
きみはいつも笑っているか
あるいは真剣に生きて
泣いたことなど一度もない
だからきみは
そんなことを言う代わりに
自分が逝ってしまう一日前
ぼくと顔を見合わせた朝

ぼくが歯磨きをして病室に入ったとき
にっこりというのでもない
微笑というのでもない
なんとも言えない笑みを
ぼくに向けて
はっきり浮かべてくれた
ぼくはどうしていいか分からなかった
ただうれしいだけ
ただかなしいだけ
しかたなく
ぼくもきみに向かってほほえんだ
あのときからすぐ
きみはもうきみでなくなったとは言わない
しかしきみはもう

明晰な意識を取り戻すことがなかった
ぼくはどうしていいか分からず
ずっとそばにいて
ずっと手を握って
ときどき強く握って
「大丈夫、いつも一緒にいるよ」と
耳元にささやき続けることしかできなかった
ぼくはいまもきみと一緒にいる
これからもずっといる
だから大丈夫
これからも二人でいることを
きみとぼくの仕事にしよう
ふたりでいて
ぼくらだけにできる仕事をしよう

あたらしい旅

最愛の人が死に
自分ひとりが残されるという
映画や小説によくあることが
自分に起こるとは思わなかった
非現実とは言わないが古代伝説か
ファンタジーだと思っていた
だが平凡で陳腐な現実が混じり合い
しだいに
あるいは急に

海の深みに嵌るようなこともあるのだ
（しかしそれがわかったとて何になろう）
きみは庭先の花壇でふり返り
紫いろの夕空に驚きながら
ぼくに何かを告げに戻ってくる
あるいは「ただいま」と
普段どおりにドアを開けて
ぼくにあたらしい発見を教えに来る
それはもう何千回と繰り返されてきたことだ
これからも何千回と繰り返されるべきことだ
だからぼくは
家へ帰ると玄関で
「みんみん、ただいま」と呼びかける
ぼくが外へ行っていて

きみが留守番をしていたのだ
ぼくはきみに話したくてたまらない
きみは報告を聞きたくてたまらない
だから「ぼうぼう、おかえり」という
声がせず
きみの不在がわかっても
きみはまもなく帰ってくる
友だちのところへちょっと
急な用事で出かけただけだと思うのだ
(ほんとうにそうではないだろうか)
だからぼくは「みんみん、おかえり」と
言うのが待ちきれず
自分からきみを探しに出るだろう
帰ってくるきみと

途中で出会ったら何と言おう
ひと休みしてお茶を飲もうか
それともすぐ家にかえろうか
でもそんなに疲れていなかったら
ぼくはきっと言うだろう
「あたらしい旅に出よう」
これまでふたりでしたように
素晴らしい場所へ行けるだろう
ぼくらはそこでいつものように
歓びの湧き出る仕事をするだろう
ふたりで生きるという仕事である

百合

夕暮れの庭に出た
夏の西空にはまだ明るみが残っていた
庭はその反映を浴びていた
百合が六輪咲いていた
すべての光を吸収して
白く輝いていた
きみがこれをいつ植えたのか
ぼくにはもう思い出せなかった
いま初めて見るもののようだった

おそろしいうつくしさだ
植物だけのもつ気品だった
目の前にそれがあることが怖かった
六輪のうち三輪は
すでに濃い花粉をこぼしていた
あとの三輪は純白だった
きみと一緒にいたら
耐えられただろう
ひとりでは危うかった
なにが危ういのか
それも分からなかった
百合があまりにも確かに存在して
自分の存在が消えていくのがわかった
後戻りできなことは明白だった

この圧倒的にしずかな存在を前にして
自分の存在が
さし出した手の先から
百合に触れ得ないその指の先から
ゆっくり抜け出していくのが分かった
どうしてこれがユリと呼ばれ
百合と書くのか
ふしぎだった
そのとき
きみがここにいるのが分かった
きみが百合になっていた
きみのたましいが百合だった
ぼくはもう耐えられず
逃げるようにして家に入った

夕闇に白く光る百合が
そこにそんなふうに存在していることが
それをどうしたらいいのか
どうにもできないことが胸に迫った
きみはこうなることを知っていて
白百合を植えたのだ
ぼくがきみにそこで出会うことを
きみはすでに知っていたのだ
ぼくはどうなってもかまわなかった
ただ自分が肉体をもっていることが怖かった
これからさき
百合と何度も出会うことは考えられなかった
この百合がまもなく萎びて
花弁がバラバラに落ちるのを

目にすることが耐えられなかった
その時間のなかで自分が生きていくことは
不可能だった
それに気づいたとき
ぼくは一歩を踏み出すのがおそろしくなった
ぼくは生身の肉体として
生身のきみと再会したいのか
そんなことは不可能だと知っていた
霊として会う用意ができていなかった
それがたまらなく不安だった
その思いのなかで
つぼみが三つ残されていることに
つよく縋った
猶予されたその時間のなかで

解決を見いださなければならなかった
もはや思い出に頼ることは許されなかった

風鈴

風鈴が鳴って
たましいが動いた
風がないのにカーテンがゆれた
誰かが階段を降りてくる
迎えにいって手を取ろうか
待っていて
笑みを交わそうか
空気が
より透明になって

あしおとが吸い込まれる

風鈴がまた鳴って
誰かが注意を促している
いつかどこかで耳にした音色
過去に滑りこむ未知の物音
動くな
あの風鈴の鳴るのを聞いたのは
そんな昔のことではない
これまで気づかなかったのはなぜだろう
こころを研ぎ澄ませ
たましいがいま降りてくる

不動のなかに

動くものが隠れている
こころの感じるものを信じよ
地球がこれほど彩り豊かなのは
表層だけの戯れではない
雨がいきものを蘇らせるように
涙はこころに浸みとおり
たましいを迎える準備をさせる
風鈴のこの幽かな音を
まず自らのものとせよ

つながり

娘と一緒に訪れた温泉の朝市で
ぼくは携帯電話を落とした
ガラケイというやつで
もうすぐ製造中止になるらしい
朝市のオバサンと話していて夢中になり
ポケットから落としたらしい
山小屋に戻ってもまだ気がつかず
拾ってくれた温泉町のＹさんが
通信履歴のなかから

知人のKさんを見つけてくれた
都市郊外の家においてあるきみのケイタイにも
一緒にいた娘のスマホにも
Yさんは何度も連絡してくれたが
きみはもちろん応えられず
娘は宣伝と思い込んだ
Kさんは温泉町と山小屋との
中間地点で仕事中
ぼくのケイタイを取りに行ってくれた
ぼくは平身低頭どうしていいか分からない
どうやら此の世とまだつながっていたらしい
ケイタイはどうも苦手だが
「出かけたらどうなるか分からない人は
自分をつなぎとめるために持ちなさい」と

きみは言っていた
昨日ぼくは
八ヶ月ぶりのハーフマラソン
治りきらない痛風の足をかばって坂を歩き
炎天下の天竜川沿いをふうふう言い
ラストスパートだけはごぼう抜き
今日ぼくは
過疎の村の山奥で
娘を介して人々とつながった
泊まったのは娘の友人の家
青年海外協力隊の仲間の家
そこへ別の都会から
きみを偲ぶ人もやって来た
ぼくはみんなと一緒に散歩して

娘の友の友に案内され
森の秘境を探索した
リニアモーター新線の掘削残土で
まもなく無残なことになるその森は
昔話と伝説につつまれた緑の渓谷に
激しい水音を吸いこんで隠れていた
沖縄や原発と同じことが
隠れた場所でまた繰り返される
ぼくは怒りに燃えた森の小道で
鋭く裁ち切れた石を拾った
どうやら此の世とまだつながっているらしい

別れ

きみはひとりでいくのが
どんなに心細かったことだろう
ぼくをひとりで残すのが
どんなに心配だったことだろう
ぼくたちはこれまで
別れて生きた記憶がない
喧嘩はした
旅先でも派手にした
ナポリの安ホテルで

きみは結婚指輪を投げ捨てた
ぼくはそれがショックで
別れてやろうと腹を立てた
しかしそれは詐りだった
結局どんな喧嘩も些細なことであり
ぼくたちが別れられるはずはなかった
なぜなら
きみがぼくをつくり
ぼくがきみをつくったからだ
ぼくたちはあまりに近いので
客体視の適切な距離が取れなかった
だがそれは
互いを物としてみないことだ
ぼくたちはいつも

自分のこころに映して互いを見た
もしも純粋さが主観と客観の融合ならば
ぼくたちは純粋だった
いつも共にいて
世界とは互いのいる世界だった
いまぼくたちは離れればなれだ
だが自分たちを
これほど近くに感じたことはない
きみがひとりで行く道を
ぼくがこんなに心配している
きっときみも
ぼくをひとりで残して心配している
その心配をやわらげるために
ぼくは日々の生活に気をつけよう

きみもしばらく
ひとりで行く道に気をつけて
ぼくを待っていてほしい
大丈夫
ぼくはまもなく追いつくだろう
この道ではきみが先輩
ぼくが後輩
ぼくは注意深くきみの後からついて行く

終末

ニュースの時間に夕焼けが始まった
夕焼けはいつも同じで
ニュースはいつも違うはずなのに
夕焼けが見たいのはなぜだろう
夕焼けはたえず変化する
変化しかありえない
ぼくは胸からきみの写真を取り出して
ささやきながら夕焼けを一緒に見る
橙色から赤へ

赤紫へ
青紫へ
そして暮れなずんで
薄い青から
灰色へ
どこにも境目のない夕焼けに
ぼくたちの目は捉えられる
かつて父は
母と訪れたバーゼルの町を
母の写真と共にふたたび歩いた
ぼくは父母を思いながら
刻々と変化する夕焼けを
きみとふたりで見届ける
この終末に立ち会うのは

かなしくつらいことだが
よいことなのかもしれない
ぼくは写真を胸にしまった

*注「バーゼル」はフランス・ドイツとの国境近くのスイスの都市。ドストエフスキー、ニーチェ、ユングなどに因んで有名。

千年の血

おまえとわたしの間には千年の血が流れ
わたしはおまえに
サマルカンドの街角にうずくまるアジアの娘を
ファラオの前で踊るエジプト女を
さらにはまた
アザラシ漁に出た夫の後姿に悠(はる)かな視線を投げやる
イヌイットの妻を見る
わたしはたとえばおまえに
テーベの上空で出会った

死の谷に埋まっていても不思議はない
寡黙な空の女だった
ナイルの緑のベルトはくらやみにかき消え
累々と死んだ動物の背中のような荒れた丘が
一瞬のうちに幾千年を
紅海の奥地からアジアへと繰りひろげた
おまえがそのとき無言なのは
じつに嬉しいことだった
おまえの声帯をふるわせていた言葉は
無数の粘土板に刻まれ
罅(ひび)割れ　くだかれ　瓦礫のあいだに散乱し
ようやく安息をとり戻したようだ
つらいと感じたことはなかったわ
おまえのくちびるはただそれだけを告げていた

さびしいと思っただけよ
すべての悪夢はそこから出てくるのだが
蜿蜒(えんえん)と空にのぼる煙のにおいがいまは慕わしい
そのとき
サマルカンドの娘は街角から立ち上がって歩き出す
わたしたちは東洋の片隅の食卓で出会うだろう
粗末な食卓だが
不意に一隅のコップが揺れだすように
千年の力が一瞬現れ出ることもあるのだ
疲弊した足取りは戸口を叩くだろう
闇と氷の世界がそこに迫っている
みなが一堂に会するいま
妙に静かだ……
おまえは頭をふり

三半規管をゆらして耳の痛さを確かめる
千年の血がおまえの内部にあふれでる

あとがき

妻が亡くなり、火葬場へいくために喪服を探していたら、急に詩が出てきた。それが冒頭の詩である。以来五箇月、垂れ流し気味にいくつも出てきた。十代の半ばから詩を書きはじめ、三十代の終わりころ同人雑誌に発表していた。その後はときどき、思い出したように一、二篇書いたこともあったが、みんなどこかへいってしまった。

今回のものは書かれ、まとめられることを要求していた。しかし、もうこの辺りで止めないと、拙い詩であるだけでなく、自己慰撫になりそうだ。

言葉を選ぼう、組み立てようという気は、まったくなかった。普通に、妻に話しかけているようだった。昔はどんな詩を書いていたのか気になって、同人誌を探し出して一篇、末尾に掲げてみた（拙劣な用字と仮名遣いだけ改めた）。なんだか、思い入れだけで出来ているような詩である。

最後に、これは妻の記念の詩集なので、彼女の略歴を記しておきたい。この詩集のあとに「思い出の記」を書くつもりだが、先のことはわからない。彼女の一生は、私との結婚の一生であった。私の一生が、彼女との結婚の一生だったのと同じである。そしてそれは、ただ生きることがよい、という一生だった。

原光枝（旧姓知野）は一九四六年十一月三十日、名古屋市千種区小松町に生まれ、市立東山小学校、市立城山中学校（分校）、県立旭丘高等学校を経て、名古屋市立女子短期大学を卒業。原章二と高校一年で出会い、一九六八年八月に結婚。複数の商社勤務を経て、一九七一年から七五年まで在仏。パリ大学に学ぶ。一九八七年から八九年まで南仏ヴァンスに滞在し、フレネ学校を知る。著書に『フレネ自由学校だより―南フランスからのエアメール』（共著、あゆみ出版）、『フレネ学校と子どもたち―私たちの南フランス自由学校体験記』（共著、青弓社）、訳書として、マリオ・ラモ作『ねんねだよ、ちびかいじゅう』『ロメオとジュリエット』（平凡社）などがある。二〇一七年二月四日、逝去。享年七十歳。

原　章二

二〇一七年七月十日

原　章二
一九四六年四月五日、家族の疎開先の静岡県伊東市に生まれる。

早稲田大学仏文科卒、パリ大学博士（哲学）、早稲田大学名誉教授。

著書に『加藤一雄の墓』『近代の映像』『いのちの美学』『人は草である』『ただ走る哲学者』など。訳書にベルクソン『精神のエネルギー』『思考と動き』ベルクソン／フロイト『笑い／不気味なもの』フォシヨン『ピエロ・デッラ・フランチェスカ』『ラファエッロ』『レンブラント』など。

現住所　〒一九〇―〇一六五　東京都あきる野市小中野一〇一―一

喪服

二〇一七年八月八日　発行

著　者　原　章二

発行者　知念　明子

発行所　七　月　堂

〒一五六―〇〇四三　東京都世田谷区松原二―二六―六
電話　〇三―三三二五―五七一七
FAX　〇三―三三二五―五七三一

印　刷　タイヨー美術印刷

製　本　井関製本

Printed in Japan
ISBN 978-4-87944-293-2 C0092